collection cascade

Du même auteur, en Cascade :

Bande de menteurs !
L'écrivain mystère
Miss casse-cou
Rollers de choc

MAL DE TERRE

Du haut de ses douze ans, Jason Rolfe contemple le nouvel appartement. La vue n'est pas terrible : canapé convertible dans le salon, télé à poignée, pour faciliter le transport, table ovale pliante, minichaîne hi-fi, et, posée à côté, la boîte à chaussures qui contient tous les CD, pas encore déballés. Au mur, du blanc, parce que le blanc ne se démode pas... Comme si les appartements qu'ils ont occupés depuis trois ans, son père et lui, avaient jamais eu le temps de se démoder...

Il passe dans sa chambre. Lit, bureau, bibliothèque, le tout en pin. L'endroit est aussi personnalisé que l'étage ameublement d'intérieur d'un grand magasin, rayon

enfants. Le carton à dessin où s'entassent ses affiches préférées est abandonné contre sa chaise de travail. Jason a la flemme de l'ouvrir, de punaiser.

Une caravane, voilà à quoi ressemble cet appartement de la rue de Charonne où il vient juste d'emménager, une caravane sans roues.

Jason se remémore les villes où il a déjà posé son sac, dans le sillage de son père, océanologue de métier et plongeur par passion. Calvi, La Ciotat, Hossegor, puis, pour la seule année de son CM2, Le Havre et Roscoff. Comme si cela ne suffisait pas, ils ont passé deux mois à Marseille en juillet et août avant de s'installer pour quelque temps à Paris où Louis Rolfe, à partir d'échantillons étudiés en laboratoire, doit établir un rapport sur lequel il est resté discret.

Jason est devenu un Parisien provisoire, aux portes d'une sixième au collège Paul-Bert situé dans le quartier de la Bastille.

La rentrée est pour le lendemain.

Il va connaître une fois encore cette impression de traverser la cour en visiteur, spectateur pataud, exclu d'avance des retrouvailles bruyantes. La sixième est une escale, dans quelques mois il faudra boucler encore ses valises avec, à l'intérieur, plus de tee-shirts que de souvenirs.

Il a choisi cette vie, pourquoi s'en plaindre ? Quand sa mère s'est remariée, Jason a refusé de la rejoindre à Limoges. Entre partager les repas de l'informaticien avec qui elle a reconstruit sa vie et le tour de France des plages avec un père homme-grenouille, il n'a pas hésité un instant. D'ailleurs, les premières semaines ont été merveilleuses. Après l'école, son père l'emmenait en mer sur des barques de pêcheurs, et il faisait ses devoirs avec le clapotis des vagues en toile de fond. Il revoit encore le rouge du soleil sur la forteresse de Calvi, pendant qu'il lui racontait les courants marins, les coraux de Polynésie et les fonds colorés au large de Solenzara.

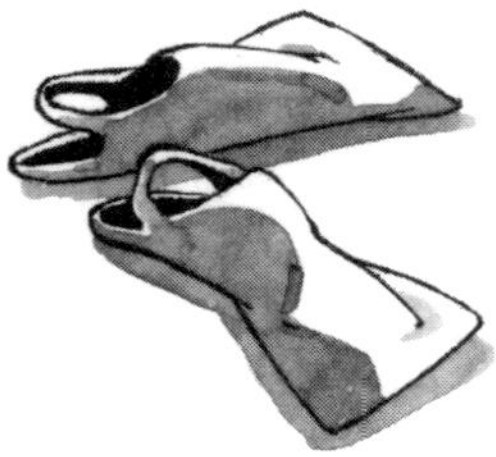

Mais assez vite, la lassitude de cette existence errante s'est installée.

Son père ne lui suffit plus. Jason souhaiterait enfin s'arrêter quelque part, avoir une maison, des voisins, échanger ses palmes contre des rollers, les plages contre des terrains de jeux.

Bien sûr, il garde ces désirs pour lui et, de mission en mission, Louis Rolfe, dispensant des remèdes qui aggravent son mal, emmène son fils noyer ses chagrins silencieux dans des eaux nouvelles.

Ici, il n'y a pas d'eau, mais Jason n'a pas le sentiment d'avoir vraiment débarqué.

Son mal de mer est tenace.

CONTACT ÉTABLI

– Il est pénible Kââ, non ?

À l'écart de l'agitation qui règne dans la cour du collège, Ninon, la langue entre les lèvres, achève de plaquer sur sa trousse un autocollant de Marty Rickin, son chanteur préféré du moment, avant de répondre à Thomas, assis en tailleur auprès d'elle.

– Oui, je sens que je vais bien dormir pendant ses cours…

Gaëtan Tournemire, le prof d'histoire-géo dont leur 6e 3 a hérité, n'est pas connu pour être un orateur fulgurant. Cette réputation est taillée sur mesure, comme ils ont pu le vérifier juste avant la pause. L'homme, un quinquagénaire à bedaine replète et costume étriqué, règle d'entrée sa voix sur une fréquence soporifique et se débarrasse de son cours en pilotage automatique. D'où le surnom dont Thomas, en spécialiste, l'a affublé.

Encore une heure d'anglais et ils seront libérés. Thomas laisse son regard errer entre les groupes qui occupent la cour. Sur sa droite, il observe un moment le coin Grand Stade de Saint-Denis où les footeux mouillent leurs chemises en lissant la feutrine de leurs chaussures neuves sur une balle en plastique. Puis, au fond, près des lavabos, il étudie les filles de troisième qui ressassent leurs souvenirs de vacances et complotent à voix basse en reluquant les plus mignons de leur classe.

– Tiens, lance-t-il soudain, voilà Jason le clown !

Ninon lève les yeux. Perdu dans ses pensées, le nouveau passe à quelques dizaines de mètres d'eux.

– Carrément sur une autre planète, lui ! poursuit Thomas.

– Tu es jaloux parce qu'il est calé en géo, réplique-t-elle.

– Pas du tout !

– Il m'a sciée tout à l'heure. Tu as vu avec Tournemire ? Incollable !

– À partir d'aujourd'hui, je vais l'appeler Lustucru !

Ninon sourit, intriguée autant qu'amusée.

– On dirait que tu as une dent contre lui ! Qu'est-ce qu'il t'a fait ?

– Mais rien ! D'ailleurs, depuis une semaine qu'on a démarré, je n'ai pas réussi à échanger une seule parole avec lui. Je ne le trouve pas spécialement sympa, voilà tout.

– Il est peut-être timide…

– Bronzé comme il est, ça ne doit pas être un pauvre malheureux quand même !

– Entre timide et malheureux, il y a une nuance…

Thomas balaie la remarque d'un revers lifté, gêné d'être pris en flagrant délit de mauvaise foi. La vérité, c'est qu'il a surpris Ninon à étudier ce Jason avec une insistance qui ne reflète pas seulement de la curiosité, et que cette marque d'intérêt ne lui a pas plu.

Et il faudrait qu'il soit sympa, en plus !

À la sonnerie, comme rappelés à l'ordre par un arbitre intraitable, les footeux cessent leur partie. 3-3. Partie remise. Ninon range sa trousse dans son sac à dos et se relève. Elle croise un instant les yeux de Jason qui détourne la tête trop rapidement pour que ce geste soit naturel. Mais pourquoi reste-t-il donc dans son coin ?

Concentré sur l'écran de son ordinateur, Louis Rolfe entre de nouvelles données qui se traduisent immédiatement par un graphique coloré. Il enregistre et consulte les notes qu'il a étalées sur son bureau. Il sent brusquement une présence dans son dos et pivote sur son fauteuil.

– Tu as fini ? demande-t-il à son fils.

– Fini quoi ? rétorque Jason.

– Tes devoirs, tiens !

– On n'en a pas encore.

Louis Rolfe soupire en tapotant ses notes.

– Tu as bien de la chance...

– Si on peut dire...

Le père de Jason sait déchiffrer les inflexions de voix de son fils. Il perçoit dans cette dernière remarque comme un signal d'alarme.

– Quelque chose ne va pas ?

– Non, ça baigne...

– Dois-je comprendre par cette expression que la mer te manque ?

Jason se force à sourire mais la bouche n'y est pas, et son père, devant sa grimace, l'invite à s'approcher. Il lui pose quelques secondes les mains sur les épaules.

– Je n'ai pas trop de temps en ce moment, regrette-t-il, mais je te promets qu'une fois ce rapport terminé, ta vie de collégien martyrisé se transformera en feu d'artifice !

Nous quitterons le grand gris pour retrouver le grand bleu.

– Quand ?

– Je ne sais pas exactement, disons deux ou trois mois.

– Ah !... Et ce rapport, il parle de quoi ?

– Je dois traiter un tas de données recueillies pendant mon séjour près de Marseille et en tirer des conclusions, intelligentes si possible. Aussi intéressant pour toi que de savoir pourquoi, en danois, on appelle la lamproie marine « neuf yeux ».

Louis Rolfe change de ton pour changer de sujet :

– Et ton collège, au fait, l'ambiance ?

– Bien.

– Tes camarades ?

– Rien à signaler...

– Quel enthousiasme !

Jason devine qu'il doit lâcher quelques informations pour avoir la paix. Cet interrogatoire bienveillant le rend mal à l'aise parce qu'il ne se sent pas le droit d'avouer la vérité, et la vérité est qu'il s'ennuie à mourir, qu'il se sent seul et transparent. Alors il brode. Oui, il a des copains, Thomas et Ninon, vachement sympas, à qui il raconte ses virées en mer, et qui bavent de jalousie au récit de la vie qu'il menait, toujours au soleil, toujours en vacances.

Ce qui s'explique assez facilement : le père de Ninon est gardien de la paix, et celui de Thomas chauffeur de taxi. Ils n'enfilent pas masque et tuba pour aller travailler...

Louis Rolfe rit de bon cœur, puis déclare qu'il lui faut achever ce qu'il a commencé, mais qu'ensuite ils iront grignoter un morceau au restaurant chinois d'en bas.

Jason est presque sorti du bureau de son père quand il s'arrête et se retourne.

– Papa...

– Oui ?

– Pourquoi on les appelle « neuf yeux » les lamproies ?

Louis Rolfe, interloqué, hésite un peu avant de répondre, la tête penchée.

– Parce qu'en arrière de l'œil, sur un seul côté, ces sortes d'anguilles portent sept fentes branchiales et une narine impaire qu'on prend pour des yeux...

Jason enregistre l'information en silence et quitte la pièce.

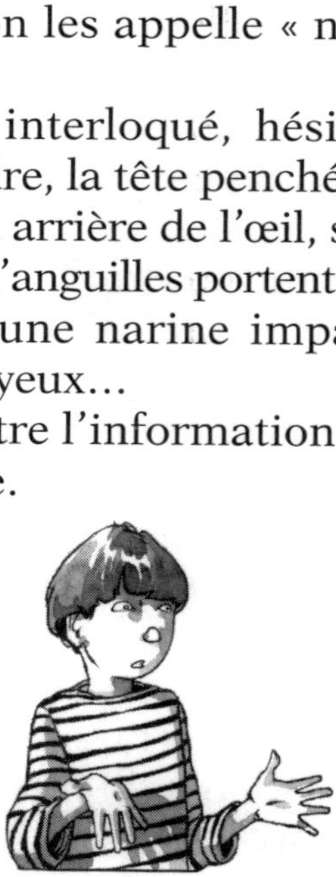

Il déambule un peu dans l'appartement, pénètre dans la chambre de son père et consulte un rayonnage de bibliothèque bourré de livres. Le visage de Ninon s'interpose. Ce qu'il a raconté d'elle et de son compère Thomas, il l'a capté au détour d'une conversation, en voleur discret. Pour le reste, il a improvisé.

Il se concentre sur le dos des livres, pour la plupart des traités scientifiques qu'il ne lui viendrait même pas à l'idée de feuilleter. De rares romans se sont glissés dans cette muraille de savoir. Jason n'a plus rien à lire et il déteste les bibliothèques publiques.

Un titre attire son attention. Il s'empare de l'ouvrage, l'édition de poche de ce qui en réalité n'est pas un roman mais un témoignage. Selon la quatrième de couverture, *Nageur de combat* retrace le parcours d'un officier de l'armée qui a intégré une unité d'élite utilisée par les services secrets français pour des missions d'espionnage. L'auteur lève les mystères liés à sa formation et à certaines des opérations qu'il a conduites pour le compte de son pays.

Appâté, Jason empoche l'ouvrage dont l'univers devrait lui sembler familier.

L'appel du large, sans doute…

UN SECRET DE POIDS

La rue de Lappe est déserte quand Jason l'emprunte pour rejoindre le collège. En octobre, les jours raccourcissent par les deux bouts, la nuit commence à prendre Paris en tenaille.

– Bonjour, mon grand !

– Bonjour Christiane.

Jason suit du regard la contractuelle qui vient de le saluer. Chaque matin il la croise, déjà à pied d'œuvre alors que les horodateurs offrent encore aux propriétaires des véhicules garés plus d'une heure de tranquillité. Lors de leur déménagement, elle s'est montrée si conciliante avec son père, qui avait stoppé sa camionnette de location en double file, qu'ils ont sympathisé.

Depuis, Louis Rolfe sait qu'il n'a pas à dévaler les escaliers pour nourrir l'horodateur ; les contraventions de Christiane joueront à saute-pare-brise avec sa Golf. Précieuse relation…

Il rajuste son sac à dos. Depuis combien de temps n'a-t-il pas habité une grande ville ? Plusieurs années, une éternité… Ce départ matinal dans le silence d'une ruelle lui convient. Il évoque l'atmosphère apaisée des petits ports endormis où il traînait il y a peu son cartable d'écolier. L'époque d'une insouciance précieuse et salée…

Rue de la Roquette, les voiliers de ses souvenirs cèdent la place à un défilé de voitures pressées. Jason parvient devant l'entrée du collège presque au même moment que les inséparables Thomas et Ninon. Instinctivement, il baisse la tête, mais cette fois, contrairement aux autres jours, Ninon ne lui laisse pas le loisir de se défiler.

– Hé ! Jason !

Il se fige et, d'un air aussi détaché que possible, attend que ses camarades parviennent à sa hauteur.

Derrière Ninon, Thomas traîne des pieds.

L'appel de son amie l'a surpris mais il n'a pas le choix ; il doit suivre.

– J'ai une question à te poser, attaque d'entrée Ninon.

– Oui ?

C'est la première fois qu'il lui adresse la parole. Même sa voix rougit.

– Parce que t'es super balèze en géo, ajoute-t-elle, comme pour se justifier. Voilà, à la télé, hier, j'ai vu une émission consacrée aux cyclones. On y racontait que ce phénomène est connu sous des noms différents selon l'endroit du monde où il se déclenche : typhon, ouragan… Mais je n'ai pas compris celui qu'ils utilisent en Australie.

– Là-bas, ils disent les Willy-Willies…

– Ouaoh ! fait Thomas, cher candidat, vous avez gagné un collier en plumes d'autruche et deux tonnes de Chipster, plus le droit de revenir en deuxième semaine si vous acceptez de remettre vos gains en jeu !

La prestation de Thomas s'adresse à Ninon. La jeune fille sourit mais Jason a bien du mal à l'imiter. Thomas croit judicieux de poursuivre.

– Où as-tu appris tout ça ? Dans des livres ? À moins que ton père soit un de ces profs barbichus qui rédigent des traités sur les tornades ?

– Non, mon père a une autre activité…

– On peut savoir ?

La morgue affichée par Thomas dissuade Jason de répondre. Il hoche la tête, comme s'il s'excusait, et passe la porte d'entrée du collège. Thomas offre à Ninon la plus innocente de ses expressions étonnées.

– Il est bizarre, lui, non ?

– Mystérieux, plutôt...

Ce mot irrite Thomas.

– Mystérieux et bouleux de gomme, oui ! C'est quoi ces manières qu'il nous fait ? Il répond à peine quand on lui parle, il rit quand il se pince...

– Arrête un peu, il est différent, c'est tout !

Thomas ouvre la bouche pour répliquer, mais juge préférable, in extremis, d'adopter un profil bas. Il décide de revenir à la charge par un autre biais.

– J'ignorais que tu te passionnais pour les ouragans, ironise-t-il, perfide.

– C'était histoire d'engager la discussion.

– Ouais, en attendant, il va nous cracher le morceau. Si son père est un terroriste international, j'aime autant être prévenu.

La matinée, consacrée aux arts plastiques et au français, s'écoule sans heurt. À la pause de midi, Thomas prend la tête des opérations et repart à l'attaque. Pas question de laisser l'imagination de Ninon voguer sur les silences du nouveau !

Jason est assis sur une marche de l'escalier qui mène au réfectoire. Thomas lui fonce droit dessus.

– Alors, Willy-Willy, ton père ? Le mien est chauffeur de taxi, tu vois, je le dis, pas la peine d'en faire un plat.

Jason se montre surpris. Thomas a pris son silence gêné pour une entreprise de dissimulation. Visiblement, sa maladresse a suscité un intérêt géant.

– Je ne peux pas en parler, bredouille-t-il.

La phrase est partie toute seule. Il lit sur les deux visages qui lui font face l'effet qu'elle produit. Un effet massue.

– Il est recherché par la police ? propose Ninon, qui a encore à l'esprit un téléfilm policier diffusé la veille, où un braqueur de banque, réfugié dans une cave, demandait à son fils de ne rien révéler sur sa cachette.

Jason secoue la tête en guise de dénégation, tout en cherchant un second mensonge car le premier, lâché de manière totalement irréfléchie, va le conduire à échafauder.

– Laisse, ricane Thomas à l'adresse de Ninon, je l'ai reconnu… Jason, c'est James Bond !

C'est le déclic. Jason ignore la remarque de Thomas et joue au tourmenté que sa conscience assaille.

Suspendus à ses lèvres, les deux autres ne pipent pas. Thomas s'impatiente, prêt à sauter sur sa réponse pour la réduire en miettes à coups de moqueries bien senties.

– Vous me jurez que vous ne le répéterez à personne ?

Thomas gonfle ses joues et lève les yeux au ciel, la bouche de Ninon s'arrondit. Ils promettent – juré craché – en poussant deux grognements expédiés.

– Eh bien voilà… Mon père…

Jason fait mine d'hésiter encore, puis de se libérer d'un poids décidément trop lourd à porter seul.

– … Mon père est un agent secret !

CIBLE EN VUE

Louis Rolfe ferme d'un coup de talon la porte de son appartement et passe son courrier en revue au milieu du salon.

Après s'être versé une tasse de café, il se replonge dans son travail. Un travail qui ne lui plaît qu'à moitié. La collecte d'informations lui convient mieux que leur traitement. Au plus profond de lui, il se sent homme d'action. L'épais silence des profondeurs, les plongées nocturnes, quand il devient poisson parmi les poissons et que le seul lien qui le relie encore au monde des humains se résume à un collier de bulles cherchant la surface, tout cela compose son univers.

Il planche sur l'organisation du rapport qu'il établira avec précision aussitôt qu'il aura reçu les résultats chiffrés des analyses. Il en connaît déjà la teneur pour avoir prélevé lui-même les échantillons. Il va y avoir du rififi au ministère... Il décide d'ouvrir son courrier.

Muni d'un coutelas à large lame crantée qu'il fait miroiter sous le rayon de soleil qui perce la fenêtre donnant sur la rue de Charonne, il décachette une enveloppe d'un coup précis quand retentit la sonnerie du téléphone.

Il se précipite vers le combiné.

– Allô ? Louis Rolfe à l'appareil ! Ah ! Bonjour professeur !

D'abord enjoué, Louis Rolfe se rembrunit bientôt.

– Comment est-ce arrivé ?... Et tous les échantillons ont été brisés, dites-vous ? Avouez que c'est curieux, je les avais moi-même rangés dans une mallette qui résiste aux chocs... Vous savez, le temps presse, j'ai contacté l'institut et me suis engagé auprès d'eux... Je sais que vous êtes pris par vos propres travaux. Vous avez raison... Bien, je vais prendre mes dispositions. Notre équipe est toujours en place du côté de Marseille ?... Je réserve un billet d'avion et vous communique au plus tôt la date de mon départ... Non, deux jours sur place devraient suffire, plus le temps nécessaire aux analyses dans vos services, si les fioles ne se brisent pas une seconde fois, je n'aurai pas pris trop de retard... Entendu, je vous rappelle... À bientôt, professeur!

Le combiné reposé, Louis Rolfe se frotte le menton où pointe une barbe naissante. Curieux incident, tout de même. Pour qu'une telle valise se brise, il faut au moins qu'un bagagiste de l'aéroport saute à pieds joints dessus...

Il consulte l'horloge de son radio-réveil. Son emploi du temps risque d'être un peu bousculé.

Oui, il a juste le temps de rallier le collège pour cueillir Jason à la sortie.

Il jette une veste sur son épaule et dévale les escaliers. Débouchant dans la rue de Charonne, il salue Martial, le serveur du café d'en face où il a ses habitudes, puis il oblique sur sa droite vers la rue de Lappe.

L'individu à qui Martial servait un cappuccino croise les jambes en s'étirant sur la terrasse : costume gris, cravate noire, le visage barré d'une paire de Ray-Ban argentée, il porte beau, et froid. En gardant Louis Rolfe dans son champ de vision, il consulte sa montre et note quelque chose sur un petit calepin en cuir.

Puis il extrait d'une poche intérieure de son veston un échiquier électronique qu'il allume avec une moue gourmande. Deux doigts épais avancent un pion de d2 en d4. Niveau cinq.

Pour s'échauffer.

UN AGENT MOINS SECRET

Le secret de Jason sur l'estomac, Thomas et Ninon ont eu du mal à digérer leur journée. Ils auraient aimé en reparler avec lui, mais il s'est enfui à la sortie du collège en compagnie d'un homme à la peau tannée, aux cheveux châtain bouclés, qui l'attendait, décontracté, une veste jetée sur l'épaule, assis sur le capot d'une voiture.

Ninon et Thomas, bras ballants, ont longuement détaillé cette silhouette sportive tandis qu'elle escortait celle, plus menue, de Jason, s'attendant presque à les voir sauter dans une Batmobile en marche, s'accrocher par un filin à un hélicoptère surgi de nulle part, ou se faire enlever par une bande de tueurs moustachus à chapeaux mous...

Rien de tout cela ne s'est produit, et l'agent secret s'est éloigné avec son rejeton, en apparence aussi serein que le plus banal des parents d'élèves.

Thomas, qui est revenu de sa stupeur dans le calme de sa chambre, téléphone à son amie le soir même. Jason s'est fichu d'eux, lui déclare-t-il, très péremptoire, son père est agent secret comme la reine d'Angleterre choriste de Mylène Farmer, et il se promet bien de confondre l'affabulateur en deux temps trois mouvements, Ninon peut compter sur lui !

Quand Jason pointe son nez au collège le lendemain, un comité d'accueil l'attend.

– Salut, Jason ! lance Thomas.

– Bonjour, dit le jeune Rolfe sur ses gardes.

– Est-ce que tu as réussi à ramener la version d'anglais de derrière les lignes ennemies ?

Jason hausse les épaules et tourne déjà les talons quand Ninon intervient.

– Attends ! Il rigole...

– Je ne vois pas ce qu'il y a de drôle...

– Arrête un peu, Jason, rebondit Thomas, on a vu ton père hier, et ton histoire d'agent secret, c'est des bobards, avoue-le ! Ton père, il est bronzé parce qu'il a fait de la planche à voile ! Pourquoi tu nous as raconté ce délire ?

– Je n'ai pas menti, mais vous n'êtes pas obligés de me croire.

– Reconnais que c'est difficile, dit Ninon d'un ton conciliant.

– Et pas qu'un peu ! renchérit Thomas. S'il suffisait de le déclarer pour que ce soit vrai, je pourrais te balancer que mon père est champion de sumo au Japon !

– Et c'est vrai ? glisse Jason, un rien acide.

– Non, justement. Il ne sait même pas où c'est, le Japon !

Ninon pouffe discrètement, ce qui a au moins l'avantage de détendre un peu l'atmosphère.

– Bon, continue Jason, si je comprends bien, vous voulez en savoir un peu plus.

– Exactement ! fait Thomas qui est convaincu que le nouveau va se dégonfler comme une baudruche.

– ... Alors je vous explique comment mon père est devenu agent secret, ou plus exactement, nageur de combat... Il s'est engagé dans l'armée après son bac, il rêvait de pays lointains, d'action et d'aventures. Il s'est retrouvé dans un régiment de parachutistes, à Bayonne, puis il a suivi des stages commando avant de s'inscrire en formation à l'école de plongée de la presqu'île de Saint-Mandrier, dans la rade de Toulon. Il a entendu parler d'une unité de nageurs de combat. C'est parmi eux que sont recrutés les hommes qui exécutent les missions secrètes des services d'espionnage. Il n'y a pas mieux dans l'armée, c'est le dessus du panier. Mon père pratiquait déjà un peu la plongée sous-marine, il est resté plusieurs mois là-bas, et il est sorti premier de sa promotion. C'est après que les choses sérieuses ont commencé…

Jason sonde son auditoire, à l'évidence déjà ferré. Surtout Thomas, le plus difficile à convaincre. Ces histoires d'armée, de soldat d'élite, s'inscrivent en technicolor sur ses rétines.

– Sa formation a duré six ans… poursuit-il.

– Tant que ça ? s'écrie Thomas.

– Oui. Il a intégré le C.I.N.C., le Centre d'Instruction des Nageurs de Combat, à Aspretto, en Corse. Mais il n'y est pas resté en permanence, la formation de nageur est entrecoupée de stages à Brest, à Paris et à Cercottes, près d'Orléans, où des spécialistes enseignent les techniques pour se défendre à mains nues, au poignard, le maniement des explosifs, comment ouvrir des serrures, se déguiser, les procédures d'écoutes clandestines... À Aspretto, il nageait, apprenait à poser des mines sous les bateaux, à baliser des plages pour préparer des débarquements, à sauter en combinaison d'un hélicoptère... Moi je suis né pendant la dernière année de sa formation.

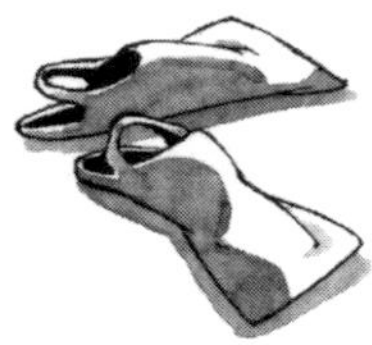

– C'est pas vrai, lâche Thomas complètement soufflé.

– Si... Et encore, je ne vous dis pas tout. Si vous venez à la maison, je vous montrerai son Oxyger...

– Qu'est-ce que c'est? l'interrompt Ninon que l'aspect clandestin du personnage fascine.

– Un appareil de plongée spécial. Il se porte sur le ventre et contient deux litres d'oxygène seulement.

– Quel est l'intérêt? demande Thomas.

– Il ne fait pas de bulles. Le nageur ne peut pas être repéré, et il a trois heures d'autonomie sous l'eau. C'est pour les attaques sous-marines.

– Ben ça alors...

Thomas secoue la tête. Il n'en revient pas de constater que tous ses doutes se sont évanouis. Le nouveau n'a pas menti.

Il le regarde encore, Jason n'en rajoute pas, il reste modeste, ce qui est la preuve de sa sincérité, et semble presque embêté de se distinguer autant des autres collégiens.

Thomas croise le regard de Ninon. Ils partagent du bout des yeux cette nouvelle stupéfiante : ils ont comme copain le fils d'un agent secret !

Ils vont en faire des jaloux !

LE COMPLOT

– Vous faites quoi après les cours ?

Jason a attendu que le prof de maths, M. Pétoncle, noircisse le tableau de chiffres pour se retourner. Ninon et Thomas se penchent de conserve.

– Rien de spécial, chuchote Ninon.

– J'ai un peu de temps, admet Thomas. Pourquoi ?

– Mon père est parti ce matin à Marseille et il ne rentrera que demain soir. Si vous voulez passer à la maison, je vous montrerai des trucs...

– S'il vous plaît, rugit Pétoncle en tapant du pied sur l'estrade.

Il se campe face à son auditoire et pointe un morceau de craie en direction du groupe de bavards comme si c'était un cran d'arrêt.

– … Si l'un d'entre vous désire terminer cette démonstration à ma place, qu'il n'hésite surtout pas !

Les comploteurs se posent sur le visage trois masques d'anges et rallument au fond de leur regard la flamme d'une passion dévorante pour les mathématiques. La craie bondit à nouveau vers le tableau et y recommence sa sarabande épileptique.

La journée se déroule trop lentement au goût de Thomas. Il a hâte de découvrir le repaire de l'espion, d'autant que Jason sait ménager le suspense. Il n'a rien voulu dévoiler sur la nature de la mission qui a conduit son père dans le Midi. Ses silences protègent, à n'en pas douter, des secrets de la plus haute importance.

Sans qu'il se l'avoue, Thomas a été contaminé par son nouveau copain. Le lendemain de la confession de Jason, il a constaté, ce qui lui avait échappé jusqu'alors, que son propre père ne nourrissait ses lectures que de romans d'espionnage : Jean Bruce, Ian Fleming, John Le Carré, Éric Ambler, des Fleuve Noir en pagaille… Bien sûr ! a-t-il pensé. Chauffeur de taxi n'est qu'une couverture dissimulant d'occultes activités. Avec sa chemise à carreaux et sa casquette, au volant de sa 405 Peugeot, il parcourt chaque matin deux cents mètres puis s'engouffre dans un parking dissimulé dans une fausse usine désaffectée et saute en combinaison noire dans un jet privé ou un hélicoptère à la poursuite de terroristes sanguinaires, ou encore tente de récupérer des documents super-sensibles hauts de gamme ultra-secrets pour le compte de la France. Puis, une fois sa mission accomplie, il revient tranquillement déguster un ragoût de mouton chez lui avant de surveiller les devoirs de son fils. Ni vu ni connu je t'embrouille !

Cette hypothèse mérite d'être un peu creusée...

Le suspense est écourté par l'absence du prof de gym. Il est quinze heures quand ils franchissent les portes du collège. Sur le chemin qui les conduit au domicile des Rolfe, Thomas cuisine encore Jason. Aux petits oignons.

– Tu dois être habitué à ces départs précipités, non ?

– Assez, répond Jason, évasif.

– Là, c'est une urgence...

– Je suis un peu inquiet, papa retourne où nous étions pendant les vacances, et je ne sais pas si c'est bon signe.

– Tu crois qu'il court un risque ? s'inquiète Ninon dont les yeux s'arrondissent.

Jason se tourne vers elle, l'air grave.

– Tu sais, dans son métier, se lever le matin, c'est déjà risqué !

– Mais vous faisiez quoi à Marseille ? demande Thomas en frissonnant.

– Quand j'étais avec lui, répond Jason en baissant la voix, papa nous emmenait dans une barque discrète à environ trois cents mètres du rivage et plongeait sans arrêt pour remplir de petits flacons.

– Des flacons ? s'étonne Thomas, déçu.

– Ça, c'était pour brouiller les pistes.

Le regard de Jason accroche l'enseigne du café en face de chez lui : *Le Sous-Marin*. Il inspire bruyamment.

– En fait, je pense qu'il cherchait un sous-marin...

– La France va être attaquée ?

– Papa ne m'a rien dit là-dessus.

Jason pousse la porte d'entrée de son immeuble et, délaissant l'ascenseur minuscule, il guide, en premier de cordée, ses invités au troisième étage.

En un éclair, Ninon et Thomas comprennent qu'ils sont là dans un véritable appartement d'agent secret, car rien ne permet de le deviner. L'art du camouflage est porté à son comble. Jason, qui se creuse la tête car il doit essaimer du mystère là où il n'y a que de l'impersonnel et du banal, les regarde investir les lieux à leur guise.

Thomas s'est arrêté devant une photo montrant Louis Rolfe en combinaison de plongeur, masque relevé sur le front, tuba coincé sous le menton, les cheveux mouillés, souriant sous un ciel d'un bleu lumineux.

– Papa à Aspretto, commente Jason.

Pendant ce temps, Ninon s'est approchée d'un placard entrouvert et elle tend son index en direction du casier inférieur.

– C'est quoi, ça ?

Jason la rejoint et s'accroupit pendant que Thomas rapplique.

– Je vous le montre mais n'y touchez pas, c'est très fragile et ça vaut une fortune.

Il tend le bras et ramène deux bouteilles d'aspect chromé soudées l'une à l'autre et reliées à deux bandoulières en plastique.

– C'est l'Oxyger ? souffle Ninon.

– Exactement... Pour qu'il fonctionne, des tas de réglages sont nécessaires, alors je dois être le seul à le manipuler. Si jamais vous le déréglez, ça risque de mettre la vie de mon père en danger.

Il range bien vite à leur place les fausses bouteilles d'oxygène que son père lui a offertes le jour de ses quatre ans et se dirige vers le bureau.

– Ne touchez à rien, surtout ! Sur cette table, il n'y a que des documents confidentiels.

Ninon et Thomas se penchent vers les notes manuscrites et les graphiques qui encombrent l'espace de travail devant l'ordinateur : sous leurs yeux, des formules chimiques succèdent à des commentaires parfaitement obscurs. Aussi compréhensible que le schéma de montage d'une maquette de voilier rédigée en wolof. Thomas gonfle ses joues et émet un bruit de bouche évoquant la crevaison d'une bulle à la surface d'une mare, signe, chez lui, d'une grande perplexité. Il s'apprête à poser une question au fils de l'agent secret quand il voit son visage s'assombrir. Il flanque un coup de coude à Ninon pour l'alerter.

– Un problème ? s'enquiert-il.

Jason les ignore, le front soucieux. Il s'approche de l'ordinateur et retire la disquette à moitié engagée dans le lecteur puis la fixe, pétrifié. Thomas et Ninon auraient juré le voir pâlir.

– Il s'est passé quelque chose... articule Jason.

LA VALSE DES DISQUETTES

– Eh ! Jason, explique !

Thomas aimerait garder son calme mais l'ambiance a changé brutalement. D'une visite décontractée dans l'appartement-témoin d'un agent secret, ils basculent dans les coulisses de son activité.

– Tu te décides ?

Jason désigne la disquette tout en semblant produire des efforts intenses de réflexion. Il ne parvient pas à desserrer les mâchoires.

– Quoi ? fait Ninon qu'une légère panique gagne peu à peu. Qu'est-ce qui cloche ?

– Cette disquette cloche, se décide enfin Jason. Ce matin, avant de partir au collège, je me suis offert une séance de Tétris sur l'ordinateur de mon père. Il m'a copié quelques jeux dont je ne me sers qu'en son absence puisque nous n'avons qu'un seul poste.

– Bon, et alors ? enchaîne Thomas.

Jason avance d'un pas et soulève le couvercle d'un boîtier rectangulaire. Sa main fouille à l'intérieur.

– Et alors ma disquette, la voilà... souffle-t-il.

– Et celle qui est dans l'ordinateur ? lui demande Ninon. Elle est pareille que celle du boîtier, non ?

– Si, mais mon père est à Marseille et j'ai rangé ma disquette en partant ce matin. J'ai donc laissé le lecteur vide.

– Tu en es sûr ?

– Certain !

– Ton père avait peut-être laissé une disquette en place, propose Thomas, et tu l'auras enlevée pour installer ton jeu. Puis remise avant de partir au collège !

Jason se passe les mains dans les cheveux.

– Je m'en souviendrais ! Ce matin, ce n'est pas vieux ! Non. C'est simple, quelqu'un est venu ici...

Le silence s'instaure. Instinctivement, Thomas balaie du regard l'appartement. Des tueurs à gages vont-ils surgir d'un tiroir de la salle de bain ? Il secoue la tête énergiquement.

– Non, non, tu te trompes ! affirme Thomas autant pour se convaincre que pour convaincre son ami.

– J'aimerais bien... Mais je te répète que quelqu'un a pénétré ici et consulté les dossiers de papa. Il aura oublié que le lecteur était vide à son arrivée.

– Bon, on y va ? propose Thomas qui ressent une envie subite de changer d'air.

Le léger trémolo dans sa voix est contagieux. Jason repose la disquette sur le clavier de l'ordinateur, avec l'idée de la montrer à son père dès son retour, puis les trois collégiens battent précipitamment en retraite.

Par précaution, Jason ferme la porte à double tour. Thomas, qui se remet déjà à jouer les matamores, glousse derrière son épaule. Il exhibe un petit couteau suisse et déclare d'un ton pénétré, comme si toute sa vie il avait pratiqué l'art délicat du cambriolage sous l'égide d'Arsène Lupin :

– Tu peux tourner ta clé tant que tu veux, le professionnel, s'il veut entrer, il entre.

Avec un couteau comme ça, ou une épingle à nourrice…

– Tu es rassurant, toi ! grogne Jason qui sera obligé de revenir un peu plus tard, et seul cette fois.

– Laisse tomber, dit Ninon, il n'y connaît rien.

L'agitation qui règne dans la rue les rassure un tantinet. Les gens rentrent du travail, les bras tendus par des sacs plastique Monoprix pleins à craquer, ou le visage fripé de fatigue, ou les deux.

Sur le trottoir d'en face, son plateau chargé à bloc, Martial, qui sert une tablée bruyante, salue Jason.

Ils remontent la rue du faubourg Saint-Antoine en vue de se poser un peu sur un banc du square Trousseau. Lorsqu'ils ont dépassé l'avenue Ledru-Rollin, Thomas stoppe net en palpant les poches de son pantalon.

– Zut ! peste-t-il, mon couteau !

Ninon le toise, un sourire narquois au coin des lèvres.

– Qu'est-ce qu'il a ton couteau, monsieur le cambrioleur ?

– Je ne le trouve plus. J'ai dû le laisser tomber sur le palier en le rangeant tout à l'heure.

Il fait demi-tour aussitôt en lançant :
– Je vous rejoins près du bac à sable, le temps de vérifier...

Ninon entraîne Jason vers le lieu de rendez-vous. Ils l'atteignent deux minutes plus tard. Jason, qui est resté muet pendant le trajet, secoue la tête, comme pour décrocher sous sa calotte crânienne un doute plus résistant que les autres.
– En fait j'ai rêvé ! C'est moi qui ai installé cette disquette sans m'en rendre compte. Il n'y a pas d'autre explication !
Il est même secoué d'un petit rire nerveux en s'asseyant sur un banc souillé de traces de semelles poussiéreuses.
– Non mais qu'est-ce que je ne vais pas m'imaginer, moi !
Il y a de l'admiration dans le regard que lui jette alors Ninon. Il a les nerfs solides, le fils de l'agent secret...

L'HEURE DE VÉRITÉ

La température est clémente. L'aire de jeux est prise d'assaut par les enfants sortis de la maternelle toute proche. Devant Ninon et Jason, deux têtes de lard se disputent un lapin en bois monté sur ressorts tandis qu'une petite fille tourne sur elle-même en tordant entre ses deux couettes un visage secoué par des hoquets de chagrin.

– Parle-moi encore de ta vie, dit brusquement Ninon au milieu des cris et des rappels à l'ordre de mamans ulcérées. Avec un père comme le tien, elle a dû être fabuleuse ! Des voyages, du danger, de l'aventure… Tu sais, mon père est gardien de la paix au commissariat de la rue Baudelaire, il me raconte quelquefois des arrestations, des manifestations, mais à côté ça ne pèse pas lourd. Moi qui pensais que les espions n'existaient que dans les films...

– Eh bien...

Jason gigote sur son banc. Inventer, il faut inventer, pour continuer à susciter de la curiosité, continuer à avoir des copains avec qui partager des moments comme celui-là.

Quelque chose le retient.

Où cela s'arrêtera-t-il ? Après un père agent secret, faudra-t-il qu'il s'invente une mère exploratrice, un frère champion de saut à la perche, des connaissances en peinture moderne, des dispositions pour l'art culinaire, faudra-t-il parler suédois, marcher sur les mains pour prouver qu'il a connu l'autre côté du monde ? Et repartir un jour dans le bateau de son père sans avoir jamais été dans l'esprit de Thomas et Ninon autre chose qu'un mensonge ?

– Tu racontes ?

– Ninon, marmonne-t-il péniblement, je dois t'avouer un truc...

– Vas-y, dis !

Le plus dur, c'est de commencer. Le reste viendra sans peine.

– Je vous ai menti...

– Quoi ?

– Oui, sur moi, mon père. Mon père n'est pas agent secret. Pas du tout.

– Mais il fait quoi ?

– Océanologue. C'est un scientifique, il étudie les courants marins, les espèces animales, les plantes, ce qui a trait à la mer...

Ninon accuse le choc. Elle repense à la visite de l'appartement des Rolfe.

– Et ces photos, et l'Oxyger !

– Ce que tu as vu est un jouet. Quant aux photos, elles datent de vacances en Corse il y a deux ans. Mon père est bien plongeur sous-marin, mais pour des motifs qui n'ont aucun rapport avec l'espionnage.

Il anticipe la remarque qui brûle les lèvres de Ninon.

– Les précisions sur sa formation, je les ai trouvées dans un bouquin. Écrit par un agent secret, mais un vrai celui-là, qui raconte sa vie en détail, depuis sa formation jusqu'aux missions qu'on lui a confiées. Je n'ai pas tout lu, des fois je ne comprenais rien, j'ai juste emprunté des épisodes qui pouvaient me servir. Je suis désolé.

Ninon fixe quelques instants le bout de ses chaussures et se redresse.

– Pourquoi ?

Jason contemple le feuillage ondoyant d'un marronnier. Sait-on vraiment le pourquoi des choses ? On prononce une parole, puis une autre, et puis on court après ces paroles pour ressembler à ce qu'elles racontent...

– Je ne sais pas, comme ça au début, et puis après parce que je ne voulais pas vous décevoir... Oui, c'est idiot...

Ninon opine en silence, un silence que Jason interprète comme un reproche qui lui glace les veines. Il s'apprête à se lever et à se retirer honteusement quand il aperçoit Thomas qui rapplique au loin, ventre à terre. C'est inquiétant. Car, aussi sportif qu'un plat de coquillettes, Thomas ne court jamais, même en gym.

Aujourd'hui, il doit avoir une bonne raison.

QUAND ON SE TROMPE DE MENSONGE...

Le spécialiste ès cambriolages suffoque devant eux, le buste cassé en deux, et récupère son souffle avant de s'expliquer.

– Ben dites donc... halète-t-il enfin en guise d'entrée en matière.

– Tu es poursuivi par ton couteau ? plaisante Ninon.

– Pas par mon couteau, non, par personne, mais j'ai eu la trouille de ma vie !

Il adresse un clin d'œil à Jason.

– C'est fou, chez toi ! Tu ne dois pas t'ennuyer...

– Ne te fatigue pas, le coupe Ninon, Jason vient de m'expliquer que son histoire de père agent secret est une pure invention.

– Quoi ?

Ninon, devant un Jason piteux, répète point par point ce qu'elle vient d'apprendre. Si Jason n'avait pas été si mortifié, il aurait noté la neutralité du récit. Ninon raconte, mais elle ne se moque pas.

Thomas encaisse cet aveu comme un coup à l'estomac qui le laisse un moment groggy. Puis ses lèvres dessinent un curieux sourire. Il plisse les yeux qu'il a braqués sur Jason.

– C'est ça, je te crois !

Il continue sans tenir compte des bouches qui béent devant lui.

– ... C'est drôlement sympa de ta part d'essayer de nous protéger maintenant qu'on est plongés au cœur de l'action, mais ça ne prend pas.

Une nuée de points d'interrogation flotte au-dessus de Ninon et Jason.

– Je suis revenu sur mes traces, tel le chien renifleur, poursuit Thomas. Sur le trottoir, pas de couteau, dans ton hall d'entrée, pas de couteau, alors j'ai commencé à monter les escaliers. J'arrivais sur ton palier quand j'ai vu la porte de chez toi s'ouvrir...

Courte interruption du récit. Thomas sait ménager ses effets. Jason ne le brusque pas. Dans sa gorge, les mots s'empilent. Thomas reprend.

– J'ai eu juste le temps de m'aplatir sur une marche et de reculer d'un mètre. Le type qui est sorti ne ressemblait pas du tout à un cambrioleur. Il portait un costume gris, des chaussures brillantes, il avait des cheveux courts et des lunettes de soleil. Il ressemblait à une sorte de banquier très sportif ! Tu vérifieras mais je pense qu'il n'a rien emporté.

– Qu'est-ce qui te fait penser ça ? demande Ninon.

– Les sacs ! Il n'en avait pas, même pas une besace ou une banane ! C'est pas dans ses poches qu'il pouvait caser l'ordinateur, un appareil photo ou la télé du salon !

– C'est fou ! Il a dû se tromper d'endroit !

– Je te parie que c'est celui qui t'a déjà rendu visite aujourd'hui ! Il a peut-être oublié un document, ou alors il est revenu pour ranger une certaine disquette à sa place…

– Mais c'est absurde, Thomas ! s'écrie Jason. Mon père n'est PAS agent secret, il étudie des échantillons d'eau ! Ton banquier, il n'a pas besoin de forcer notre porte pour en avoir, il a juste à ouvrir son robinet !

– Hum hum…

Thomas n'est pas convaincu. Et Ninon ne semble plus l'être autant qu'avant. Jason nage dans la semoule, sans masque ni tuba.

– Qu'est-il devenu, ce visiteur ? s'inquiète Ninon.

– Il a pris l'ascenseur, heureusement pour moi, d'ailleurs... Je lui ai filé le train, et il est allé s'installer à la terrasse du café en face. Mon action héroïque s'arrête ici. Comme vous l'imaginez, je ne me suis pas éternisé. J'ai raté tous mes stages de self-défense à Cocotte, près d'Orléans...

– Cercottes, le corrige Jason, l'esprit ailleurs.

Ils s'offrent un temps de réflexion ponctué par les hurlements d'un garçon à qui on vient de chiper une pelle rouge et un seau dans le bac à sable. Thomas y met fin.

– Je dois rentrer, ma mère va me tuer si je traîne trop.

– Je t'accompagne, dit Ninon en se décollant du banc.

Jason a pour eux le regard des gens plantés sur un quai de gare devant un train qui s'en va.

– N'empêche, ajoute Thomas en guise de conclusion, moi, si j'étais agent secret, je ne le confierais pas à mon fils. Dans agent secret, il y a secret, ce n'est pas par hasard.

Allez, Jason, à demain pour de nouvelles aventures !

Jason reste sur le banc jusqu'à ce qu'ils disparaissent. La dernière phrase de Thomas lui trotte dans la tête. Elle trotte longtemps.

Et puis elle se lance au galop.

Jason passe la soirée devant la télé allumée. Dès le début du film, il vole au-dessus d'une mer scintillante, comme s'il était un oiseau, mouette ou albatros. *Le Grand Bleu*. Le passé lui adresse un signe à travers la programmation. Ensuite, il ne suit pas trop l'histoire. La télé, c'est surtout pour le son, pour meubler sa solitude d'un soir. Il a coincé le dossier d'une chaise sous la poignée de sa porte d'entrée et guette en tremblant le moindre bruit suspect. Mais le cambrioleur a décidé de le laisser tranquille. La disquette a disparu, Thomas ne se trompait pas. Cet homme n'a donc plus aucune raison de revenir.

L'image de son père ne le quitte pas. Jason passe en revue les souvenirs qu'il conserve de leur vie commune et ceux, plus flous, de l'époque où sa mère était encore là, et entreprend patiemment, à la lumière de la phrase prononcée par Thomas, de les débarbouiller. Depuis la lecture du livre emprunté, il en sait long sur ces agents secrets issus des groupes de nageurs de combat. Il s'interroge : pourquoi son père n'en ferait-il pas partie ? Comme eux c'est un plongeur émérite, comme eux il voyage beaucoup, comme eux il possède des connaissances étendues sur des domaines variés ! La plupart du temps, Jason ignore où son père se rend quand il s'absente pour des missions « scientifiques », quelquefois pendant plusieurs jours.

Les détails affluent…

Louis Rolfe est un familier de la Corse, et des environs d'Aspretto en particulier, où il a déjà plongé. Un mystérieux professeur le contacte de temps en temps, et Jason, malgré ses demandes, n'a jamais reçu aucune précision sur les études que son père a poursuivies pour devenir océanologue, hormis leur durée : plusieurs années…

Jason a l'impression de poser deux parcours l'un sur l'autre, et de découvrir qu'en de nombreux points ils coïncident.

Peu à peu, son idée chemine. Ce père qu'il connaît n'est qu'une façade, une silhouette en carton derrière laquelle se dresse un homme d'action à la vie palpitante et dangereuse.

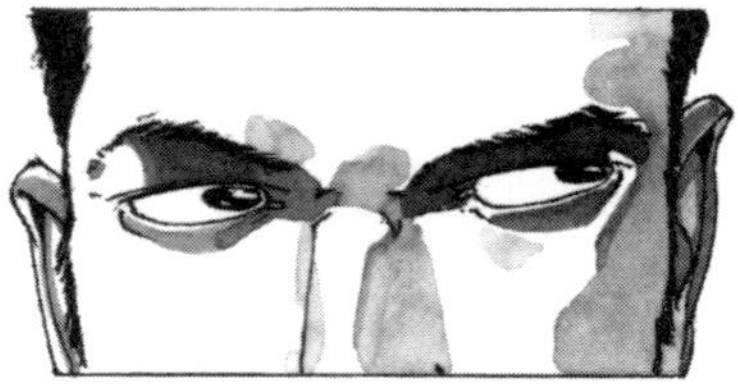

On lui a confié une mission près de Marseille, et cela dérange des agents étrangers qui l'ont repéré. Ils l'ont mis sous la surveillance de l'homme qui s'est introduit chez eux pour consulter des documents confidentiels. Et lui, Jason, qui n'aurait jamais pu se douter qu'il inventerait la réalité, a pour devoir de se montrer à la hauteur, mais en restant dans l'ombre. Son père multiplie les efforts pour le maintenir à l'écart de ses activités, sans doute parce qu'elles présentent des risques, il faut respecter son choix.

Sa ligne de conduite est toute tracée. Petit héros dans le sillage du grand, il va se montrer digne de l'héritage paternel.

Ne reste qu'un détail à régler. Comment s'y prendre ?

UN ESPION SUR LES DENTS

Karl Passetougrain, unique descendant d'une famille franco-allemande, introduit un cure-dent entre ses deux incisives supérieures pour tenter une délicate opération d'extraction : un morceau de saucisson s'est glissé là tandis qu'il mâchouillait la dernière bouchée de son sandwich, et il ne supporte pas l'idée qu'un point rose vienne jouer une fausse note sur la partition de ses dents refaites. Sa patience est bientôt récompensée, et c'est rasséréné qu'il se replonge dans sa placide observation du trottoir d'en face.

Le Sous-Marin, il commence à connaître, Karl Passetougrain ! Depuis qu'il en a fait son repaire, il a eu l'occasion d'épuiser les délices proposés par la carte, y compris les variétés de sandwichs à l'heure du petit creux de fin d'après-midi. Il se tâte le ventre où s'annonce une promesse d'embonpoint de mauvais augure. Le manque d'activité et l'abus de collations chargées en graisses superflues lui préparent des lendemains qui grossissent. Il se promet, dès que cette affaire sera réglée, de retrouver le chemin de la salle de gym et des trottoirs pentus qui serpentent entre les villas de Mandelieu.

Karl dégaine son portable de l'étui de ceinture et compose pour la énième fois le numéro du patron. M. Duvert abuse des réunions, il devient plus injoignable qu'un chef de tribu amazonienne. Sonnerie, puis boîte vocale. Karl maugrée. Il attend des instructions, Rolfe est revenu de son périple en mer la veille au soir, une décision s'impose d'urgence. Comme toujours, on optera pour manière douce ou manière forte. Pour la douce, une mallette contenant des liasses d'argent liquide lui sera transmise ; pour la forte, il lui faudra secouer sa carcasse de sa torpeur et se souvenir de son glorieux passé de catcheur enterré près d'Angoulême, un soir de gala, suite à une manchette trop appuyée du Joyeux Huron. Karl Passetougrain ne s'inquiète pas, il a de beaux restes.

Encore une fois, téléphone en main, il recompose le numéro connu sur le bout des doigts en dévorant des yeux les jambes fuselées d'une passante frôlant sa table ronde. Ce qui le change du ballet inquiétant d'une contractuelle acharnée, sanglée dans un uniforme qui lui va aussi bien que des Moon Boots à une autruche.

– Allô ?

Il sursaute et plaque ses lèvres légèrement saucisson-beurrées sur le combiné.

– Je vous passe M. Duvert, lui dit l'opératrice, avant d'inoculer à son tympan du sirop de violon chargé en sucre.

Lorsqu'il peut enfin converser avec son patron, il lui expose en deux mots l'évolution de la situation. M. Duvert a déjà pris connaissance du dossier monté par ce fouineur de Rolfe puisque la copie que Karl en a faite lui a été faxée.

Ce que Karl n'a pas faxé, ce sont les ratés de son intervention. Oublier la disquette de copie sur place n'était pas très glorieux...

Il a dû y retourner pour réparer sa bévue. Karl Passetougrain ramollit en prenant de l'âge, donc il n'a pas jugé utile de mettre le patron dans la confidence.

Son récit achevé, Karl attend les instructions. Elles sont brèves. Phase un, manière douce. En cas de refus, enclencher la phase deux. Au revoir et bonne journée.

Karl fait disparaître son téléphone et se commande un espresso. La mallette arrivera le lendemain. Secrètement, il se prend à espérer que la phase un capote.

Un peu d'action, ça ne se refuse pas…

À NOUS DE JOUER !

– … Alors, voyons un peu ce taux de césium 134.

Louis Rolfe farfouille dans un tas de feuilles à moitié chiffonnées quand surgit Jason. La mine réjouie de son fils atténue sur son front le pli soucieux du chercheur.

– Tu sais, mon fils, j'aime te voir comme ça ! dit-il. Depuis mon retour de Marseille, je remarque que tu pars au collège la fleur au fusil ! Tu es amoureux, peut-être…

Jason lève les yeux au plafond.

– Je vais me farcir une heure d'anglais, puis deux de maths, puis histoire, puis italien, puis deux heures de français avec juste assez de temps au milieu pour manger de la purée froide dans un réfectoire bruyant, j'ai des raisons d'être content, non ?

– Effectivement, moi, à ta place, je serais écroulé de rire !

Louis Rolfe s'arrache de sa chaise et veut s'approcher pour embrasser son fils quand la sonnerie du téléphone le surprend.

– Excuse-moi...

– Bon, lance Jason, je file !

Tandis qu'il sort du bureau, Louis Rolfe décroche.

– Allô ?

Il se contente de cette entrée en matière et reste muet pendant de longues secondes. Son visage, cependant, se ferme progressivement.

– Qui êtes-vous ? finit-il par demander. Que voulez-vous dire par « Aucune importance » ?... Laissez-moi juge de ce qui est ou n'est pas imp... Je vous préviens, je n'ai pas de temps à perdre... D'accord, dix-huit heures trente au *Sous-Marin*... Et comment vous reconnaîtr...

Louis Rolfe écarte lentement le combiné de sa tempe. On a raccroché.

À ce moment seulement, il entend la porte d'entrée de l'appartement claquer.

En débouchant sur le trottoir, après avoir dévalé les escaliers au pas de charge, Jason coule un regard discret vers la terrasse du *Sous-Marin*, déjà dressée malgré l'heure matinale. L'homme au costume gris est là, installé à la même table que la veille, et il escamote son téléphone portable dans son étui de ceinture. Jason prend aussitôt la direction du collège d'un pas décidé.

Aucun doute n'est permis, cet homme vient d'appeler son père et de lui fixer un rendez-vous. D'après ce qu'il a capté de la conversation, Jason a la certitude que les deux hommes ne se sont jamais rencontrés.

Quelques minutes plus tard, il pénètre en hâte dans la cour du collège. Thomas et Ninon se précipitent vers lui. Jason reçoit leur empressement comme un cadeau du ciel. Toujours amis ! Il leur expose la situation en quelques mots.

– Ce soir ? rugit Thomas. Tu ne crois pas que ton père court un danger à rencontrer le cambrioleur ?

– En plein jour, à la terrasse d'un café, non…

– Pourquoi cherche-t-il à le voir, à ton avis ? demande Ninon.

– Aucune idée. Mais ce n'est pas pour lui offrir des fleurs ! Peut-être qu'il veut le faire chanter.

– C'est-à-dire ? s'étonne Thomas.

– S'il lui a volé des documents, et que ces documents ont de la valeur pour les patrons de mon père, le type au costume gris pourrait lui proposer de les lui revendre.

– Ça peut coller, admet Ninon. Et pour le coincer...

– Je sais ! s'exclame Thomas en levant le poing comme s'il avait trouvé la formule chimique permettant aux voitures de carburer à l'eau du robinet, il faut enregistrer leur conversation et la transmettre à la police !

Jason lui oppose une moue circonspecte.

– La première partie de ton idée vaut vingt sur vingt, mais la deuxième un zéro pointé. Et mon père, qu'est-ce qu'il devient ? Un agent secret ne gravite pas dans les mêmes sphères qu'un agent de police.

Le regard de Ninon s'assombrit. Jason précise sa pensée, pour éviter le moindre malentendu.

– Je ne dis pas que c'est mieux, attention ! Juste que leurs métiers sont très différents. Les agents secrets ont de bonnes raisons de rester secrets ! En apprenant ce qui va se passer ce soir, la police risque fort d'embarquer tout le monde ! Merci pour le coup de main !

Thomas, vaincu par l'argument, ne réplique pas.

– Mais, poursuit Jason, l'idée d'enregistrer est excellente. Si j'arrive à récupérer une bande, elle pourra servir à mon père. Comme preuve vis-à-vis de ceux qui l'emploient.

– Tout ça est bien joli, l'interrompt Thomas, mais il faut qu'on trouve un moyen…

– Pourquoi tu dis « on » ?

– Tu ne crois quand même pas qu'on va te laisser agir seul, non ?

Jason remercie le duo qui se porte volontaire pour cette mission périlleuse. Il ne cherche pas à les dissuader de participer à l'entreprise, il se sent trop bien avec eux pour risquer de briser le charme.

– Bon ! reprend-il, réfléchissons à la meilleure façon de procéder.

– Je pourrais trimballer la chaîne stéréo de mon frère et la scotcher sous la table du bistrot, propose Thomas, on peut brancher un micro sur la platine cassettes…

Ninon, qui se creuse la tête, grimace.

– Très drôle…

– Zut ! grogne Thomas, il y a Donald qui s'excite, là-bas !

En effet, posté près de l'escalier où les élèves sont supposés se ranger dès la sonnerie du matin, Ronald Deuque, le professeur d'anglais, rameute sa troupe en battant l'air de ses longs bras. Les sanctions ne vont pas tarder à pleuvoir.

– On y réfléchit pendant le cours, conclut Jason, et on fait le point à midi !

– Oui mon commandant, le salue Thomas, briefing au Q.G. à midi ! Et d'ici là, souhaitez-nous bonne chance, ou plutôt « good luck »...

INFILTRÉS !

Le soir même, aux alentours de dix-huit heures, tout est en place.

Jason a téléphoné à son père pour obtenir l'autorisation de rester un peu chez un copain après la sortie des cours, ce qui lui a été facilement accordé.

Ninon a programmé un passage éclair chez elle afin d'emprunter l'appareil de surveillance à distance qui permet à sa mère de faire quelques courses dans le quartier en laissant son petit frère – Louis, treize mois et juste deux dents – dans son lit à barreaux pendant la sieste du matin. Après avoir confié l'émetteur à Jason, elle s'est postée dans une cour intérieure proche du *Sous-Marin* munie du récepteur et d'un magnétophone chargé d'une cassette vierge.

Parée !

Thomas a lui aussi rempli sa part de contrat, et de brillante manière. Grâce à des arguments dont il n'a pas révélé la teneur à ses amis, il a réussi à convaincre son père de garer son taxi près du théâtre des opérations, rue de Charonne.

Quant à Jason, il est prêt.

Ses mains sont moites, ses genoux tremblent, dans sa bouche sa langue ressemble à un morceau d'éponge oublié tout un été au fond d'un seau vide, mais il est prêt.

Coincé dans l'encoignure de la porte d'entrée la plus proche du Sous-Marin, il attend son heure. Il est parvenu jusqu'ici sans encombre, au prix d'une progression apache de porche en porche depuis l'angle de la rue de Lappe.

La terrasse du café est close à son extrémité par une fine paroi métallique qui sert de panneau publicitaire. Mais sa moitié supérieure est vitrée. À chacune de ses approches, Jason a senti son ventre passer sur le programme essorage. Il a longé les murs sans quitter des yeux le profil de l'homme au costume gris, attablé en terrasse. Sans aucun doute, celui-ci le reconnaîtrait. Qu'il se détourne brusquement et le surprenne au beau milieu du trottoir, les joues rouge écrevisse, l'air penaud, et leur plan s'écroule. Heureusement, il atteint son but sans éveiller ses soupçons.

En attendant que son père arrive, il anticipe mentalement les événements à suivre. Déroulement attendu : son père et son interlocuteur mystérieux engagent la conversation. Jason s'approche de la paroi vitrée, il introduit entre la paroi et le mur de l'immeuble l'émetteur du babyphone en le glissant le plus près possible de la table qu'ils occupent. Lorsque la conversation s'achève, l'homme au costume se lève et s'en va. Là interviennent Thomas et son père. Ils filent le banquier sportif jusqu'à son repaire, notent l'adresse. Fort de ces deux éléments, la cassette et l'adresse, l'agent Rolfe père n'aura plus qu'à mettre l'homme hors d'état de nuire !

Un plan parfait. Qui va marcher comme sur des roulettes ! En or massif, les roulettes !

Jason avale la pâte à modeler qu'est devenue sa salive. Oui, ce plan est imparable.

D'ailleurs il ne va pas tarder à s'en rendre compte, car l'heure de vérité s'apprête à sonner.

En face, un mouvement l'alerte. Il pénètre dans le hall en quatrième vitesse, retenant la porte pour qu'elle ne se referme pas complètement. À travers la fente verticale, il observe la rue.

La franchissant à grandes enjambées, son père file droit vers la terrasse du *Sous-Marin*.

UN PLAN IMPARABLE

Son père s'est assis. La main que l'homme en gris lui a tendue s'est refermée dans le vide.

Prenant son inspiration, Jason s'accroupit et quitte l'abri du porche pour progresser vers la terrasse. Soucieux de n'éveiller aucun soupçon chez les passants, il fait mine de relacer sa chaussure, avance d'un mètre en canard, recommence à manipuler sa chaussure et se plaque enfin contre la paroi froide. Un coup d'œil à droite, un autre à gauche, personne ne semble le remarquer… Il passe sa main dans l'interstice, allonge le bras au maximum et dépose au sol l'émetteur du babyphone, qu'il a préalablement branché. Mission accomplie !

Jason écrase la goutte de sueur qui prenait son nez pour un tremplin et tend l'oreille.

– Pour ces messieurs, qu'est-ce que ce sera ?

Martial note les commandes. Sa voix n'est pas aussi guillerette que d'habitude, il devine sûrement que cet habitué, qu'il voit pour la première fois tenir compagnie à Louis Rolfe, n'est pas exactement un de ses copains d'enfance.

– Deux cafés, et puis vous en poserez deux autres sur chacune des tables qui nous entourent, lâche une voix calme qui n'est pas celle de son père.

Un bref silence répond à cette demande saugrenue.

– Je vois, répond enfin Martial, ces messieurs désirent un peu d'intimité...

– Exactement ! réplique d'un ton sans appel le costume gris, d'un air de dire : « maintenant que t'as compris, tu dégages, et vite ! »

Jason frissonne. Son père entre dans la danse.

– Qui êtes-vous, et que voulez-vous ?

– Mon nom est Karl Passetougrain, répond son interlocuteur. Je serai concis et j'irai droit au but. Vous êtes momentanément détaché de l'Ifremer pour travailler à la rédaction d'un rapport pour l'Institut de protection et de sûreté nucléaire relatif aux éventuels rejets en Méditerranée de déchets toxiques, lesquels rejets seraient produits par une centrale dont la mise en activité date à peu près d'un an, est-ce exact ?

– Ces travaux sont confidentiels !

– J'entends bien, monsieur Rolfe, seulement il se trouve que je suis dans la confidence grâce aux personnes qui ont l'heureuse idée de m'employer.

– Laissez-moi deviner...

– Vous savez parfaitement de qui il s'agit. Par le plus grand des hasards, j'ai eu connaissance des conclusions de votre expertise...

Jason serre les dents. Le plus grand des hasards n'est autre qu'un cambriolage ; il est gonflé celui-là !

– ... et elles ne semblent pas aller dans un sens favorable à mes employeurs.

– C'est le moins qu'on puisse dire. Mais que voulez-vous que j'y fasse ?

– Beaucoup, monsieur Rolfe, vous pouvez beaucoup !

– Comme ?

Interlude. Karl Passetougrain savoure ce silence, il en joue, comme s'il n'appartenait qu'à lui, comme s'il était de son côté.

– Imaginez ce qu'on peut faire avec cent mille euros ! S'offrir un congé sabbatique, voyager...

Il s'interrompt. Le bruit de soucoupes qu'on pose sur les tables marque l'arrivée de Martial. Le service est expédié.

– Cette somme vous sera remise si vous consentez à rectifier dans votre rapport les erreurs que vous vous apprêtez à y glisser. Car les taux de radiations que vous relevez au large de notre centrale sont certainement dus à des erreurs de calcul, n'est-ce pas ? Je me suis déjà arrangé pour détruire vos échantillons, mais je sais pertinemment que vous en récolterez d'autres, ainsi d'ailleurs que vous l'avez déjà fait. Ce petit jeu n'est amusant qu'un temps. Quelques frappes sur le clavier de votre ordinateur sont plus simples à programmer. Acceptez d'en être l'auteur et vous voilà financièrement à l'abri pour un bon moment.

Après les dents, Jason serre les poings. L'homme dévoile son jeu, il veut acheter son père, le corrompre ! D'accord, il n'est pas question de sous-marin ou de puissance étrangère, juste d'un problème de pollution en Méditerranée, mais sans doute des éléments lui sont-ils encore dissimulés. Qu'attend son père pour lui sauter dessus et le livrer à ses services ?

– Où allez-vous ?

Dans la voix de l'homme, il y a de la surprise. Jason ne peut plus se retenir, la curiosité est la plus forte, il doit voir. Il s'agenouille, hisse sa tête à hauteur de la vitre de séparation. Son père s'est levé et examine son interlocuteur avec un mépris non dissimulé. Il déclare, le regard en feu :

– Vous pourrez dire à votre patron que je…

Un sifflement l'interrompt. L'homme en gris tourne la tête brusquement, croise le regard de Jason tétanisé qui a découvert la responsable de son fiasco : une jeune fille qui manipule un téléphone portable et provoque avec l'émetteur du babyphone des interférences catastrophiques. Karl Passetougrain se lève d'un bond, renverse une table et plonge vers l'origine du larsen. Lorsqu'il se redresse, sa main tient l'émetteur, et son visage vire au granit. D'un geste, il pulvérise le micro par terre.

– Vous avez voulu me piéger, éructe-t-il à l'adresse des Rolfe père et fils.

– Qu'est-ce que tu fabriques ici ?

Jason n'a pas le temps de répondre à son père, les événements se précipitent, et il n'en perd pas une miette derrière son écran vitré, mieux qu'à la télé. Surgissant de l'intérieur du café, Martial se rue sur l'homme en gris.

S'ensuit une courte lutte qui donne presque des ailes au serveur puisque, d'un mouvement de hanche bien accompagné, le cambrioleur costumé l'envoie valdinguer à travers la terrasse. Le catcheur a de beaux restes.

Passetougrain ne perd pas de temps à savourer son succès. Avec une vélocité sidérante, il contourne le bar, bouscule Louis Rolfe d'un puissant coup d'épaule et fond sur un Jason épinglé comme un papillon derrière sa vitre.

– Lâchez le garçon ! crie une voix de femme en provenance de la chaussée.

Tenu fermement par l'homme en gris, Jason détourne son regard et écarquille démesurément les yeux. C'est un rêve, un mauvais rêve, et il va se réveiller dans sa couette tiède d'un instant à l'autre...

Christiane, la contractuelle, un genou à terre, et brandissant au bout de ses bras tendus un énorme pistolet, tient Karl Passetougrain en joue.

– Vous n'avez aucune chance ! ajoute-t-elle.

Un rond froid vient se poser sur la tempe de Jason.

– Tu crois, ma poule ?

Jason frémit. L'homme lui a soufflé cette réplique dans l'oreille. Devant lui, Louis Rolfe se décompose. Il ouvre les bras comme s'il voulait protéger son fils à distance, mais ce geste est destiné avant tout à Christiane, à qui il adresse une supplique d'une voix blanche.

– Baissez ça, je vous en prie !

Jason a compris. Ce froid sur sa tempe, c'est le canon d'une arme, et Karl Passetougrain, une main posée en collet à la base de son cou, le pousse avec fermeté.

Otage. Le voilà otage...

Vraiment un plan imparable.

LA POURSUITE INFERNALE

Guidé par la brute, Jason se dirige vers une Safrane garée devant *Le Sous-Marin* – l'homme a pris ses précautions – et, sur ses ordres, ouvre la portière conducteur. Louis Rolfe s'est approché à pas comptés, s'efforçant de rassurer son fils avec un visage où se lit l'affolement.

Soudain, tout s'accélère. D'une bourrade, Karl Passetougrain intime à son otage l'ordre de s'installer sur le siège passager, puis il démarre en arrachant au passage le pare-chocs d'une Golf garée devant.

Celle des Rolfe.

Mais personne ne parle d'établir un constat.

Pied au plancher, Passetougrain braque, contre-braque et enfile la rue de Charonne vers la rue du faubourg Saint-Antoine en laissant cinq millimètres de gomme sur la chaussée.

Jason se retourne. À travers la lunette arrière, il observe un cirque endiablé. Christiane saute en marche dans une BMW déjà lancée à leur poursuite, puis, à son tour, son père se précipite dans une Ford arrêtée à sa hauteur. Le taxi du père de Thomas ! Jason a juste le temps de le voir démarrer avant qu'un virage pris à quatre-vingts kilomètres-heure ne les efface de son champ de vision.

La chasse est ouverte.

– Mets ta ceinture, petit !

La voix du conducteur ne tremble pas. Coup de volant instantané à gauche, Jason se cogne contre la vitre et pousse un cri. Le capot de la Safrane s'engouffre entre deux murs de pierre. Les rétroviseurs extérieurs explosent. Passetougrain rétrograde et relance la machine qui meurtrit ses amortisseurs sur les pavés grossiers du passage du Chantier. Les magasins de meubles défilent à un mètre de leurs joues. Si un acheteur de commode anglaise s'avise de sortir à ce moment-là, il est bon pour finir dans son meuble, avec deux poignées rajoutées à l'arrière...

En débouchant dans la rue de Charenton, son ravisseur négocie un virage à 90° en défonçant une poubelle. Remis en ligne, il écrase à nouveau l'accélérateur.

– On va où ? hurle Jason en accrochant tant bien que mal sa ceinture.

– On se promène !

Fin de citation.

Jason crochète les doigts dans le cuir de son siège et ronge son frein. Loin de l'imiter, la Safrane, toujours lancée comme un bolide, quadrille l'Est parisien. Avalant le bitume d'un capot vorace, elle affole son compteur kilométrique : avenue Daumesnil, rue Claude Decaen, rue de Fécamp... Karl Passetougrain improvise un trajet de balle de flipper, sans tenir compte ni des stops, ni des feux rouges, ni des passages piétons. Un miracle que personne n'ait encore été renversé ! Il veut semer ses poursuivants avant de se trouver une destination. Mais ses poursuivants adhèrent comme des mouches au rétroviseur intérieur...

Alors que la Safrane s'apprête à quitter la rue de Dijon, une deuxième BMW, glissant en dérapage contrôlé, remonte à contresens la voie d'accès au quai de Bercy et lui barre le passage. En grognant, Karl Passetougrain l'évite de justesse et s'engage sur le pont de Tolbiac. Cent mètres plus loin, il écrase la pédale de freins. La traque s'achève brutalement. On ne passe pas. Deux véhicules barrent la sortie du pont.

Karl Passetougrain n'hésite pas plus d'une seconde. Il empoigne Jason par le col de sa chemise et l'arrache de la Safrane. Il a ressorti son revolver et mène le jeune garçon vers le parapet. Il est devenu nerveux, Jason le sent à la pression qui s'exerce sur son épaule. Il y a de quoi. De part et d'autre, des hommes en civil, armés, s'avancent, bientôt rejoints par Christiane, dont la tenue de contractuelle dénote dans cette équipe. Des silhouettes remettent du baume au cœur de Jason : celles de son père, de Thomas accompagné d'un homme un peu grassouillet qui doit être son chauffeur de taxi personnel, et enfin de Ninon qui a donc eu le temps d'embarquer pour l'équipée sauvage.

Un curieux silence s'installe. Jason perçoit la respiration haletante de Karl Passetougrain. L'homme est fébrile, certes, mais il ne s'avoue pas vaincu. Il prend la direction des opérations.

– Je veux qu'on me libère le passage immédiatement, sinon je liquide le gosse !

Jason l'entend à peine. Il réfléchit. Pas question de repartir avec la brute. Il en a assez des courses-poursuites, des crissements de pneus et des nœuds dans l'estomac. Une solution, il faut trouver une solution, ou permettre à son père d'en trouver une, son père que sa position d'otage empêche d'agir, son père, nageur de combat... nageur... l'eau... le pont... la Seine...

Tilt ! Il incline le menton, ouvre la bouche et mord la naissance d'une phalange. Comme à la cantine, quand on leur sert de la semelle... Quelque chose craque. L'étreinte se relâche un instant, instant que Jason met à profit, non pour courir vers ceux qui les entourent – Karl Passetougrain aurait mille fois le temps de l'ajuster avec son revolver – mais pour enjamber le parapet.

Il rebondit sur la marche de pierre qui le borde et s'envole au-dessus des eaux grises.

Le froid de l'eau l'a saisi instantanément. La respiration bloquée, Jason se débat pour amorcer une remontée. Ses yeux s'ouvrent sur un brouillard liquide. Une mélasse glacée et fuyante glisse entre ses doigts et enveloppe ses jambes qui s'agitent avec frénésie. Soudain, comme une bulle, il crève la surface.

Sa bouche s'ouvre pour happer un air précieux, mais c'est de l'eau que ses poumons reçoivent. Il hoquette, bat sporadiquement les vagues comme un oiseau mazouté et sent le liquide l'aspirer vers le fond. Ses cris se noient au fond de sa gorge. Soudain, un bras se glisse sous ses aisselles et comprime sa poitrine. Jason remonte, perce à nouveau la surface, et ses poumons se gonflent d'air dans un râle douloureux.

– Respire ! Vas-y, respire !

Jason obéit, s'abandonne dans les bras qui lui maintiennent la tête au-dessus de l'eau, puis il se retourne et entame une nage réflexe pour faciliter le travail de son sauveteur. Ses dents se mettent à claquer.

– Ils l'ont arrêté, papa ? parvient-il bientôt à articuler.

Louis Rolfe secoue la tête et serre davantage son fils contre lui.

– Tu es fou, Jason… Complètement fou ! Ne me refais jamais un coup pareil !

Un Zodiac soulève des gerbes d'écume et fonce dans leur direction. Les bateaux ont toujours eu de l'importance dans leurs vies.

MISSION ACCOMPLIE

Jason n'a pas assisté à l'arrestation de Karl Passetougrain. Récupéré, ainsi que son père, par les pompiers de la brigade fluviale, il a été ramené dans son lit après un court examen médical qui n'a révélé aucune blessure.

Dans l'appartement règne une certaine effervescence. Des inconnus défilent, bientôt relayés par des visages amis : ceux de Thomas et de Ninon, encore secoués par les rebondissements inattendus de leur plan imparable...

– Alors ? demande Jason, impatient qu'on lui raconte la scène manquée du film.

– Tu aurais vu ! se lance Thomas sans se faire prier, des flingues comme s'il en pleuvait ! Un type à la mâchoire carrée nous a maintenus à distance, mais j'ai des yeux de python !

– De lynx, le corrige Ninon.

– C'est pareil... Dès que tu as sauté à l'eau, ton cambrioleur s'est retrouvé franchement bête. Une armée entière le braquait, alors il a lâché son revolver et la contractuelle l'a poussé dans une voiture qui a disparu.

– Qui a prévenu la police ? demande Jason.

Thomas se penche vers lui et joue au conspirateur, comme si le renseignement qu'il allait divulguer ne devait pas être entendu des occupants de la pièce d'à côté.

– Ce n'était pas la police, souffle-t-il.

– Ah bon ?

– La police est arrivée après, avec les gyrophares et tout le tintouin, mais Martial s'est avancé vers eux, leur a collé une carte sous le nez et ils ont déguerpi...

Jason attend un complément d'information. Thomas ménage ses effets.

– ... Ils appartenaient aux services secrets ! exulte-t-il enfin. Puisqu'on te disait que ton père était lui-même un agent secret !

– Un quoi ?

Louis Rolfe pénètre dans la pièce en souriant. Les dernières paroles du conspirateur ont éveillé sa curiosité.

Thomas se redresse, rougit, s'entortille les doigts et, au mépris de la plus élémentaire solidarité, laisse Jason se débrouiller avec la question.

– Eh bien, expliquez-moi ! insiste Louis Rolfe.

Jason cède. Après tout, avoir voulu jouer au héros a failli lui coûter la vie ! Pour un collégien, et plus encore pour son père, ce jeu s'avère un peu trop dangereux.

– Papa, pourquoi tu ne m'as pas dit que tu étais agent secret ?

Dans sa voix, il y a de la fierté, mais aussi, glissés là par effraction, une tristesse et un reproche.

Louis Rolfe accuse le choc. Toute l'incrédulité du monde se lit sur son visage. Il finit par sourire, presque gêné.

– Qui t'a mis cette idée dans la tête ?

Jason, à son tour, marque son étonnement.

– Mais, Karl Passetougrain, la poursuite, le dossier que tu prépares, le cambriolage…

– Quel cambriolage ?

– Karl Passetougrain est venu ici te voler des documents, on l'a vu avec les copains !

– Oui, vous avez vu trop de choses, dit Louis Rolfe en se massant le menton, et surtout montré une imagination coupable. C'est ce qui a failli vous valoir de graves ennuis, surtout à toi, Jason ! Vous vous êtes construit un roman mais la réalité est bien plus simple : je ne suis qu'un océanologue, et mes recherches, si elles m'ont exposé à une tentative de corruption menée par ce Passetougrain, n'ont rien de secret. Les échantillons d'eau que j'ai recueillis au large des côtes marseillaises montrent la présence de déchets radioactifs liquides provenant d'une usine qui emploie ce Passetougrain au poste d'agent de la sécurité. Contrairement à ce qu'annoncent les responsables de cette usine, et en particulier un certain monsieur Duvert, le traitement de leurs déchets est loin de répondre aux normes en vigueur, et l'Institut de protection et de sûreté nucléaire m'a demandé, par l'intermédiaire du professeur Antimoine, un savant que je connais de longue date, de procéder à des vérifications. Mes conclusions risquent d'avoir de fâcheuses conséquences pour cette usine, ce qui les a poussés à vouloir m'acheter ! Voilà tout !

– Mais, papa, ce ne sont pas des policiers qui ont arrêté Passetougrain !

– Tu as raison ! Mais cela n'a rien à voir avec mes travaux. Karl Passetougrain, d'après ce qu'on vient de me raconter, comptait profiter de sa position dans la centrale nucléaire pour en dérober les plans et les revendre à une puissance étrangère. Laquelle ? je l'ignore, mais la D.S.T. l'avait placé sous surveillance...

– C'est quoi la D.S.T. ?

– La Direction de la Surveillance du Territoire. Ce sont les services de contre-espionnage qui opèrent sur le territoire français. Martial et Christiane en font partie. Ils sont intervenus parce qu'ils ont vu venir le danger lorsque votre babyphone a grésillé...

– J'ai la cassette, s'ils en ont besoin ! s'exclame Ninon.

Louis Rolfe pose une main sur son épaule.

– Tu sais, ils ont placé des micros autrement plus sophistiqués que le vôtre. La carrière d'espion de Karl Passetougrain va connaître un arrêt brutal. Et puis les gens de la D.S.T. m'ont promis de confier l'affaire aux services de police judiciaire qui devraient bientôt rendre une petite visite aux patrons de la centrale.

Il s'interrompt. La déception est manifeste chez son jeune public. Eux qui s'imaginaient déjà enchaîner les aventures trépidantes risquent maintenant de trouver leur sixième bien terne...

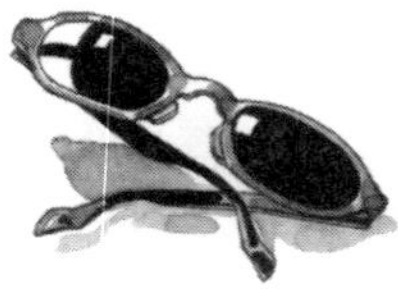

– Monsieur Rolfe ? Je peux vous voir une minute ?

Martial s'encadre dans la porte.

– Ça boume les vedettes ? ajoute-t-il à l'adresse des trois enfants.

Ceux-ci gonflent leurs poitrines. Un agent secret leur adresse un clin d'œil ! Au collège, ils vont crever de jalousie en l'apprenant ! Et on peut compter sur Thomas pour répandre la nouvelle...

Louis Rolfe s'éclipse. Jason, complètement réchauffé, repousse sa couette et s'assoit sur son lit.

– Il faut que j'y aille, annonce Thomas. Quand mon père va apprendre que le tien n'est qu'océanologue, il sera déçu. Les agents secrets, c'est du rêve en barre pour lui.

– Parce que tu le lui avais dit que mon père...

– Je n'ai rien trouvé de mieux pour le convaincre d'amener son taxi devant *Le Sous-Marin*. Il se croyait déjà dans un des bouquins qu'il dévore depuis qu'il a mon âge.

– Il a quand même coursé un authentique espion !

– Tu as raison, je lui sortirai l'argument, il devrait porter.

Thomas tend la main à Jason.

– Il faut vraiment que j'y aille...

– Je t'accompagne, dit Ninon en se penchant pour faire une bise au convalescent.

Celui-ci sent le feu lui monter aux joues. Ça a du bon d'être un blessé de guerre !

Ses deux complices se dirigent vers la porte. Avant de la franchir, Thomas se retourne.

– Ton père n'est peut-être pas un agent secret, dit-il, mais toi, sur le pont, tu m'as carrément scié les pattes, parole ! Allez, à demain !

Puis il s'esquive, suivi de Ninon. Qui laisse dans son sillage quelque chose de nettement moins froid et moins gris que les eaux de la Seine. Un franc sourire...

UNE SIXIÈME AU LONG COURS...

– C'est plus calme, on dirait...

Disparus, les agents secrets, envolées les contractuelles flingueuses, évaporés les policiers en civil, Louis Rolfe et son fils restent seuls dans la rumeur nocturne de la rue de Charonne animée.

Ils ont dîné d'une pizza livrée à domicile. Louis Rolfe déguste un café, il a tiré la chaise glissée sous le bureau de son fils et regarde ce dernier qui, vaguement mal à l'aise, fixe le plafond, allongé sur son lit.

– Pourquoi tu as inventé toute cette histoire, Jason ?

– Je ne sais pas.

Il lève sa tasse et avale une gorgée. Une minute s'écoule avant qu'il reprenne la parole.

– Mon rapport partira demain pour l'institut. Les analyses que je devais mener au laboratoire d'expertise de la Bastille sont terminées...

Jason se tourne vers son père, il cale sa nuque contre ses mains jointes.

– Ça veut dire qu'on va repartir ?

– Ça veut dire qu'on pourrait repartir bientôt, oui.

Il a insisté sur le « pourrait », mais Jason n'a pas eu l'air de le noter. Alors il précise :

– Tout dépend de toi.

– Je ne comprends pas...

– On me propose un poste dans ce laboratoire, une mission sédentaire si tu préfères, qui m'obligerait à finir l'année ici, et toi à rester au collège jusqu'à ton passage en cinquième. J'aimerais avoir ton avis.

La réponse est précipitée, ce dont Louis Rolfe ne doutait pas un instant.

– J'aimerais bien rester...

– Je comprends. Nous avons beaucoup bougé, toi et moi, ces derniers temps.

– Mais toi, papa, reprend Jason tenaillé par de soudains scrupules, tu ne seras pas malheureux à rester enfermé si longtemps ? La mer ne va pas te manquer ?

– Il y a les vacances ! Et puis un an, c'est vite passé ! Ne t'en fais pas ! Mais je te remercie de te préoccuper de ton vieux père.

Il se lève.

– Dors, maintenant. Demain, tu retournes au collège, et tu as besoin de récupérer !

– Papa…

– Oui ?

– Il te voulait quoi, Martial ?

Sans rien dire, Louis Rolfe éteint la lumière de la chambre. Sa silhouette se découpe en ombre chinoise dans l'encadrement de la porte.

– M'embaucher dans son service, répond-il finalement.

– Et alors ?

– Je lui ai répondu que je nageais très mal en eau trouble ! Franchement, tu me vois agent secret ?

– Oui.

Louis Rolfe marque un temps d'arrêt. Puis reprend :

– Alors ne dis à personne que je ne le suis pas. Ce sera notre secret…

Il sort de la pièce. Jason se retourne dans son lit, coince sa tête contre son traversin, il mord son drap, enjambe un parapet de plume et saute à pieds joints dans un sommeil profond.

Demain, son père viendra le repêcher.

L'AUTEUR

Stéphane Daniel est né en 1961 à Guipry, en Bretagne. Quand il ne dort pas, il lit, ou achète des livres qu'il n'aura jamais le temps de lire. Quand il ne lit pas, il écrit, ou dresse la liste de tout ce qu'il n'aura jamais le temps d'écrire. Quand il n'écrit pas, il est instituteur à Paris ; il apprend à lire aux enfants, ce qui est une bonne façon pour lui de se fabriquer de futurs lecteurs. Qu'il espère bien ne pas endormir...

L'ILLUSTRATEUR

Jérôme Brasseur est né à Reims en 1970. Après trois années d'études dans une école d'art à Bruxelles, ce passionné de cinéma et de photographie se consacre à l'illustration, et plus particulièrement à celle du livre de jeunesse.

Il prend autant de plaisir à illustrer du documentaire que de la fiction, une histoire pour petits qu'un roman pour les plus grands.

Aubin Imprimeur
LIGUGÉ, POITIERS

Achevé d'imprimer en août 2005
N° d'édition 4194 / N° d'impression P 68694
Dépôt légal août 2005 / Imprimé en France